소·향·두·번·째·시·집

분 粉

소향 그 마르지 않는 눈물/계절이여 계절이여

비여 바다여/미친 사랑의 노래

영혼의 사고다발지역/내가 남은 자리

도서출판 신인류

소·향·두·번·째·시·집

분(粉)

2006년 12월 30일 초판 인쇄/2007년 1월 5일 초판 발행

발행처 : 도서출판 신인류

발행인 : 임화순

주   소 : 서울시 노원구 상계동 429-21호

전   화 : 02-938-5828/02-932-3537(팩스)

등   록 : 1989년 9월 18일 제 22-1424호

진   행 : 출판기획 넓은마당

표지일러스트 : 김우종

본문일러스트 : 사공우

소·향·두·번·째·시·집

분
粉

제 1 장 소향 그 마르지 않는 눈물

제 2 장 계절이여 계절이어

제 3장 비여 바다여

제 4 장 마흔 그 화려한 불혹의 단어들

제 1 장

소향 그 마르지 않는 눈물

소향 그 마르지 않는 눈물

내 눈물샘은 마르지 않아
좋다
언제나 그득하니

내 눈물샘은 고여 있지 않아
좋다
언제나 흘러가니

그 눈물샘에서 나는
날마다
시어를 건져 올린다.

당신이 주시는 기쁨

가지마다 붉게 익어 터져버린
슬픔이어도 좋습니다
긴 세월의 입김에
허리 휘청한 나무 밑 둥처럼
하얗게 말라붙은 눈물이어도 좋습니다

마지막 과일에 미련처럼 남은 단맛을
당신의 시간 안에
내려놓으시고
떠나는 길목마다 간간이 남아있는 정 한 줄
여기 마자 남겨 놓으십시요

돌아보면 어딘들 미련 없을까마는
이별의 시간 늦추듯 나직이 숨 고르는 속살에
한 입 한 입 베어 문
철 못 든 웃음까지도 당신
몫인 걸요

손 뗄 수 없을 만큼 깊어진 혹독한 연민
아무도 모르게 쏟아지는 그 햇살은
나에게 치뤄 주신
한 잎 사랑의 품삯
당신이 수신 기쁨입니다.

약속 없는 길 위에서

소리 내어 읽을 약속 하나 없는 날
벼처럼 익어가는 불혹의 감성을 따고
저녁이슬 그치도록 멈추지 않는
긴 학 울음소리 하나 듣거든
사랑아,
하얀 꽃들이 울컥 가을앓이 하는
찻집으로 오렴

햇빛과 바람이 영역을 표시하는
과실 밭 비밀한 곳에서
실하게 익은 붉은 살들이
갈참나무 길을 따라 연애를 걸어오고
멀리서 추근대는 저녁 석양마저
사랑하고 싶을 것이리

해묵은 솔밭 사이로
능소화 빛 노을을 한 웅 쿰 쥐고 깊어가는
가을의 손길이
순간
풍성한 고독으로
약속을 걸어 올 것이리

공존

가끔은
당신도
미치고 싶은가 봐
미리칼을 살라야만
반경 십 킬로미터 밖으로
뛰쳐나갈 수 있었던
나처럼

그대가 나에게 와서

가만가만 손을 내밀면
내게 했던 그대의 말
먼 가지 끝에
동그랗게 걸린다

세상의 모든 것이
처음이 되게 하던
그대
사랑의 말들

처음 꽃이 되고
처음 별이 되어
잠도 오지 않던 설레임의 밤
먼 곳으로 강이 흘렀다

꽃씨가 꿈을 꾸는 들길에서
봄이 찬란해지고
눈부신 비가 오롯이
그리움을 차꾸 모으던 시간

병이 날 것 같은 입맞춤
들꽃 지는 언덕에
오래도록 빛이 비췄다
그대가 나에게 와서

사랑의 자리

처음
밤이 모자라던 열병처럼

마지막까지 뜨거운
이별의 저림처럼

오래도록 비워둔
빈방의 어둠처럼

꿈이라도 애달프다
언제부턴가
그 자리는.

꽃과 눈물

꽃은
시들어갈 때
울지 않는다
다만
꽃잎 떨어진
자리에서
우리가
울 뿐이다

길에서 길을 잃다

아아, 어쩌다가
길을 잃었다

일상의 수중에 없던 여분의 생각만큼
무수히 갈라져 보이는
무의식의 길들

차갑게 꼬리치며 흩어지는 저 길들이
머리칼을 간지럽히는 저녁 눈발처럼
순간 너무나 가벼웁다

길을 잃고 헤맨 게 아니었다

불투명한 생의 속박에서
무뎌진 감각의 문을 닫듯
눈앞에서 환히 보이는
마음의 길을 잃은 거였다

짙은 화장의 두께만큼
새카맣게 가라앉은 세월의 무게가
제 연륜을 못 이겨
저리도 흐트러진 길이 되었는지 모른다

아아, 어쩌다가
정신 놓고 사라지는 막막한 길 위에서
오래도록 홀로 선 내 흔들림
흔들림

낙엽이 가는 길

예감이었다.

이 밤 지나면
허무의 시집 사이로
그렇게 한 번
계절이 빛난다는 것

기다리는 시간이
사라지기 전
빈 뜰에서 찾은
한 잎의 사랑이여

뜻 없는 열망의
허상 사이로
너는 알몸의 한 시 귀 이려니

포도주 빛 접시 위에
눈물이 흘러
소리 없이 구겨지는
그 여자의 밤

그렇게 한 번
기다려보지만

가을의 여백에서
하얀 뼈로 남은
낙엽의 울음이여

홀연
이별의 시간을
기억하다
다시 슬퍼질

한 장의
먼 사랑

분(粉)

꽃처럼 피고 지는 설렘도
더 이상 비울 것이 없어
가벼웁고 가벼워진
홀씨가 되는 때
세월의 침묵만큼
분(粉)칠하지 않아도 좋은
그 얼굴은 향기롭다
내 영혼의 분(粉)을 위해
당신의 거울을 볼 수 있다면
백치의 웃음만큼
아름다운 바보가 되어도
좋겠다

– 보이지 않는 세월의 나이테에
  흔들리는 침묵 만큼
  분을 칠하며 –

포옹

한 두어 시간 쯤
당신 가슴에
조용히 묻히고 싶다

눈물이 날 것만 같은
갈색 하늘
그 흔적이 슬프지 않게

위태로운 여자

독한 술보다 더 깊이 파고드는
힘찬 물살의 외도
어둠을 가르며 조용히 기우는
바다에 취하다

결코 비지 않은 허공에
연신 자맥질 하며 뽑아내는
파도의 하얀 수액이
허물 벗은 가슴 한 켠에 고이기 시작한다

내 숨통을 트이게 하는
쟁반 같은 너의 하루는 무슨 색일까
꿈속만큼 풀어지는
자유한 이 바램은 또 무슨 색일까

생각중이다

깜박 잠을 잃은 내가
위로의 말처럼 비워 내는 기도는
어느 계절에 목 놓아 부르던
심각한 불협화음인지

까맣게 숯이 된 영혼
눈물을 잃는다

허공을 가르며 허물을 벗는
위태로운 여자
물 위에 서다

Love is Red

그랬다
어둠이 소리 내어 가라앉을 때
너의 가슴에선
비가 내렸다
바람이 불었다

방안에선 하루 종일
추운 입김이 가슴을 얼리고
너를 사랑한 죄로
너를 사랑한 그 죄로

오랫동안 나도
절망의 죄 값을
모조리 치러야했다

그랬다
네가 아직 돌아오기 전
새벽에 눈을 뜬 죽음이
탱탱이 다리를 조이고
머리에선 언제나 물소리가 들렸다

붉은 혈맥을 뚫고
몇 번이고 소리쳐 뒹굴던 정신
결국은 너에게로 갔다

이제
죽어서도 사랑 할 일만 남았다

Love is White

처음
지독히도 당신을 앓았다
민들레가 홀씨를 만들고 있는 동안에도
열병은 떠나지 않았다
기억을 더듬으면 행복했다
부실한 잠은 늘 창밖의 어둠이 차지했고
허한 골목으로 안개가 차오르는 동안
슬픈 꿈은 오래도록 나이를 잊어버렸다
잠간씩 정신의 통증을 잊어버린
바보 같은 내가 좋았다
아무 기척도 없는 백지 같은 날들도 그저 좋았다
한번 씩 우연처럼 듣는
당신의 목소리가 끔찍이도 좋았다
나로부터 온통 마음을 훔치게 한 그 시간들이
흔적 없이 사라진대도
백치처럼 죽도록 당신이 좋았다
아, 아직도 나는 내가 아니다

Love is Blue

언젠가 한번은
어느 날인가 한번쯤은
혼자 남을 거라 생각했던 그 날을 다오

눈부시게 푸르른 가슴 바다가
알몸으로 풀어 놓은 더운 물가에
오래도록 끝나지 않을 작별의 그 날을
서러운 너여 내게 다오

마지막 불빛이여
끝까지 말 하지 못한 하나의 열정을
미치도록 비춰 다오

꼭 오리라 믿던 숱한 기대마저도
넘치도록 무너져 외로울 그 날에
눈물로 지워진 가슴을 다시 다오

너 없는 한 동안 여기 서서 울 것이니
오직 내게만 묻혀 빛나는 그리움
그 숨결을 다오
사랑을 다오

공백

당신이 없는 사이
내게 스며든
모든 것은
다
불륜이다

사랑보다 더 큰 슬픔

눈 속 깊이 사무치던 불행의 적막함이여
안녕
철없이 들썩이던 눈보라 같은 그리움들이여
다시 안녕

이제는 몸부림치지 않으리
작별이란 그것이 가을 나뭇잎처럼
슬픔을 넘겨줘도

숨은 빛들에게 고개를 끄덕이고 싶은
나는 눈부신
추억이 될 것이리

나와 검은 고독 사이에
팽창한 탐욕과 분홍빛 과실의 관계
그 것이었던가

눈썹 밑으로 점점이 뜨거운 생(生)

한 도둑의 운명처럼
아주 아무렇지도 않게
당신을 뒤 집어 쓸까

붉은 절망이 다시
사무치게 번져올지라도
끝까지 잃지 않은 척
끝까지 훔치지 않은 척

가을은 다 그렇다

빛바랜 남자의 텅 빈 가슴처럼
오래된 상처에서도
가을은
충분히 흔들거리나니

어느 마지막 역에서 일어서지 못하는
그 여자의 무거운 그림자처럼
몇 방울의 눈물로도
가을은 또
잊지 못할 몸살기 나니

달빛 여문 차창 밖으로
뚝 뚝 떨어지는
한 심장

누군가는 남아
떠난 흔적을 기억해야 하는 커다란 자리
다 하지 못한 인연의
무정한 저 색채

모든 걸 잃어버려
더 이상 내가 아닌
그럴듯한 이유에도

아무 할 말이 없는
가을은
다 그렇다

문 앞에서

문 앞에는 늘
기다림이 숨어 있다

설레임에 멈춘
수척한 안개와
누군가의 한줄기 소망
그 온기가 숨어 있다

가슴에 꽂힌
언약의 햇살
한 줌 영혼의 눈물처럼

목 쉰 계절의
차가운 꽃잎
내가 서 있다

제 2 장

계절이여 계절이여

구월이 오면

여름날의 조각들이 잘게 부서지는
등 굽은 길에 비가 그치면
멧새 앉았다 간 소슬한 자리마다
들 국이 피고
바람에 갇혀 우는 갈대숲도
바보 같은 그리움이 된다는 걸
당신은 안다

홀로 뜨는 정념의 달이
조용히 우는 물결을 포옹할 때
까마득한 정신은 불륜의 섬이 되고
뜨겁게 달아오른 꿈마저도
죄가 되는 가을
가을이 온다는 걸
나는 안다

바보 같은 사람들이
제 가슴에 하나씩 사랑의 씨를 심는
구월이 문을 열면
차가운 바람의 살을 지나
새하얀 종아리로 은어의 강을 건너던
당신의 가슴이 더 그리우리란 걸
안다

내가 남은 자리

터 엉
빈 껍질 속에 내려앉은
황홀한
낙하(落下)의 말들

새처럼 가벼워져
나도
거기 있을까

낙엽의 흔적이
고운 시 한 잎 물고 와
내 안에서 꿈틀 하네

세월

하루를 시작하는 불빛을 안고
버스가 온다

떠나는 사람들
내리는 사람들
먼지바람 속에 세월이 뜨고 있다

꺾인 목소리로 들꽃이 숨어 울고
상수리 나뭇잎이 빈 하늘로 날아오른다

죽기 좋을 만큼 맑은 날
꿈꾸는 러브레터처럼
짧은 너의 가슴에 기대어 잠든 계절이
머리칼을 흔들며 떠나고 있다

여전히
혼자가 될 수 없는
세월과의 끈질긴 불륜

버스는 떠나고 없다
글씨가 지워진 이정표 하나
불면의 날을 기침으로 막고 서 있다

폭설

일어서 있는 것들아
낮게 포복 하거라.
색깔 있는 것들아
남김없이 가리우거라

태초의 땅에서처럼
그렇게 잠잠하려니
맨 처음 아담처럼
그렇게 노래하려니

뼈대만 남긴 겨울
그마저 아까운 정情인양
어지러운 세상 한 자락까지
그의 채찍으로 낮추어 놓았느니

낮아지지 않는 것들은
홀로 남아
결국은 휘어지리.

제 욕심에 못 이겨
한번은 꼭
꺾이우리.

첫눈

처음으로
마음 모두 가져간 첫 사람처럼
끝내 비우지 못한 가슴이여

젊은 날의 틈새 가득 매우며
한 줄의 바람에도
흐득 안겨드는 설렘이여

아아, 이 눈처럼 나도
그대 가슴에
한 희망이고 싶어라

눈부신 그 살갗에
순간의 쾌락이어도 좋으니
그대 앞에서 나
첫눈처럼 무너지리

봄은 여전히 나를 찾아와

봄은 여전히 나를 찾아와
낯익은 기억으로 부풀어 오르다가
솜털에 날린 바람 한 자락
옆자리에 툭 떨궈 놓고 간다

나부(裸婦)의 살결처럼 물오른 산야에
가지의 입김 푸르게 살아나면
태초의 첫날처럼
얄미운 꽃잎 환히 피어나겠다

봄은 그렇게 나를 찾아와
괜스레 없는 눈물 만들어 주고
이름 모를 풀꽃 하나
허전히 눈물샘에 깃들이게 한다

그 봄날 나도
사랑꽃씨 한 알 네 가슴에 묻어
나 없는 한 동안도
여전히 봄이 오면 피어나게 해야겠다

사랑이여 사랑이여

하늘을 젖히고
저리 바삐 떠나는 계절 계절 앞에
사랑이여 나는 눈을 감는다

붉게 탄 가지 새로 낮달이 기웃거리고
맑게 헹군 영혼이 그리움을 발할 때
사랑이여 나는 또 잠들지 못 한다

수정처럼 맑았던 외로움의 어느 날
꿈 이었다 깨고 꿈 이었다 깨고
그렇게 당신의 빈자리에 국화꽃이 피었지

눈물이 온통 꿈으로 풀린 바다에
파랑새로 지키는 자리
사랑이여 오늘도 나는
그 바람 앞에 잠들지 못 한다

가을 느낌

조금만 부족해도
마음의 문을 닫는 이기적인 고독도
즉흥적인 몸짓으로 원벽을 추구하는 가을
때로
이루지 못한 사랑의 결말을
제 살갗 위에 쏟아 붓고
알몸으로 돌아서는 심화된 작별은
차라리
흐린 가을 저녁만큼 매혹적이어라
화려한 러브레터의 지나간 고백도
허황한 바람에 공감하는 슬픔의 위안이 되고
끝내지 못한 황색 증후군 하나
가슴 깊이 남기네
가을의 붉은 양심은 그래서
아무도 원망할 수 없게 하는
지독한 상처 인가봐

수정(水程) 노을

갈라진 대지의 살 냄새가 허공에 날리면
빛의 틈새로 꽂히는 혈의 황혼
목 울을 타고 흘러내린 열정의 숨 끝에
가시지 않은 목마름처럼 그가 늘 숨어있다

서서히 쓰러져 가는 노을의 얼굴만큼
하루를 달구던 가슴 한 쪽에 기대
붉은 취기가 되고 싶은 나는
너를 조금씩 닮아가나 보다

네가 없는 거리만큼 쓸쓸한 계절이 또 있을까
바람마저 앉지 않는 마른 가지에
조용히 눕는 수정(水程) 노을

손가락 마디마디 실핏줄을 건드리며
결코 빈 허공일 수 없는 네 등줄기에
빈곤한 시어 숨길 수밖에 없는 나는
수줍은 저녁별이라도 되어야지

뜨겁게 타다 만 정염의 혀끝에
순수의 눈물로 비틀대며 부서지는
초라한 이름이라도 되어야지

살얼음진 언덕에 눈부신 발아를 꿈꾸는
씨앗의 환한 희망의 노래처럼
이제 맘껏 너를 흔들며
감추었던 나신(懶身)을 벗어야겠다.

가을 커피의 유혹

신경과민, 두통, 우울증,
수면장애, 과 호흡, 불안,

위험수위를 넘나드는
그 증세의 유혹에도

환절기 커피가
유난히 맛있는 이유

당신이란 카페인 때문이죠

시월의 열정

그렇게 터질 것을
그리 터지고 나야 개운할 것을
결국 상처자국을 남기고야 마는
시월의 붉은 열정은
두려움과 슬픔을 이기기에
충분히 멋진 낙화落花였으리
상처 없이 누가 진실을 말할 수 있는가
저 낙엽의 몸짓이 빈 말이 아니라면
노을빛 강가에 조용히 날아오르는
나는 한 마리 은빛 새이리

만추(晩秋)

제 아집을 못 이겨 추락하는
계절 끝의 나뭇잎도
기억 속 어느 날처럼
꼭 한 번씩 내게
딴 지를 거 네

홍시 빛 하늘이 와르르 쏟아져
지나가는 바람소리마저
체증을 만들고

꼭꼭 체한 눈물만큼
가슴에 얹히는
아아, 네 병명은
晩秋

가을 밀어

이 가을
작은 웃음 조그만 행복이고 싶다
햇살을 담아 창가 몰래 스쳐 가는
조용한 바람이고 싶다

이 산 저 산 물들이다
숨 가쁘게 넘어가는 저녁노을
따뜻한 입김에 몸을 맡긴 나무
그 허물어지는 잎 새 뒤에
말끔히 맘 비운 열매이고 싶다

고요의 틈새로 눈물만큼 맺힌
코스모스 곁의 화려한 햇살
손길 그대로
나누는 사랑 그대로
물빛 갈대의 촉촉한 몸짓이고 싶다

가슴 살짝 들여다보면
아무도 모르게 익어버린
가을 닮은 사랑
오늘을 위해 참 많이 울었던 어제
그리움들

아, 철들지 말자
이 세상 손 놓고 떠나기 전까지
우리 철들지 말기로 하자

춘몽(春夢)

지금부터
얼마를 더 살 수 있을까
살아온 나이만큼은 살 수 있을까

잠자는 시간 빼고
먹고 일하는 시간 빼고
미워하며 다투며
헤어져 사는 시간 빼면

사랑하는 시간은 얼마나 될까
가만히 생각해 보니
사랑하는 시간이 제일 적을 것 같다

바보들

오월의 사랑아

아무도 오지 않는
플라타너스 나무 아래
툭툭 마음을 치며 지나가는
소슬한 바람 한 줄

비 그친 오후
몰래 나온 햇살이
사박사박 기다림을 즐기는
계절 어디쯤에서
다시 쓰는 내 그리움은 흑백이려니

산비둘기 혼자 후드득 지나간
한 장의 먼 길에 차 소리 들리면
오월의 사랑아 설레어라

빈 정거장에 그저 남은 내가
아무런 소식 없이
달려갈 수도 있겠으니

가을의 말

조용히 짓는 바람의 미소에도
우수수 떨어지는 작별의 이름들
말없이 돌아서면 시작이 되는 건가
태어난 시간 속으로 저무는 계절

때로는 투명한 이별 노래 그리워
속눈썹 적시며 꽃처럼 피었는데
이제 날은 저물고
나직한 목소리로 숲을 건드리는
알몸의 흰 넋

나는 떠나지 않는다
잠시 보이지 않을 뿐
다시 돌아갈 꽃 지는 길을
또 하나의 계절로 떠도는
사랑의 말일 뿐
작별의 말일 뿐

아는 것이 하나도 없어
깊은 밤의 침묵 같은 너여
언제나 사랑 한다
가슴에서 죽지 않는 발가벗은 영혼 너

11월의 기도

가지가 잎을 비우듯
나도 조용히 비워지고 싶다
바람 스산히 지나는 거리마다
혼자 묻힌 고독에도 너무 황홀한
장미 빛 낙엽이고 싶다

구름도 때로 비되어 내리고
기다린 한 철 눈 되어 내리는데
무거운 어둠 쏟아 놓지 못한 가슴으론
침묵의 무게만으로도 벅찬 것을

그래서 11월에는
마른 잎이 되어도 화려한 너처럼
비워지고 싶다

하나씩 가벼워지고
한 가지씩 비워져서
누군가 마음 열 때 편히 담을 수 있도록

안녕을 고해도 잊혀 지지 않는 기억처럼
새하얀 작별의 날에도
기도의 몸 짓 멈추지 않는
마른 나뭇잎이고 싶다

첫눈이 내리면 그 곳에 가리라

첫눈이 내리면 그곳에 가리라
누드처럼 벗은 삶을 적나라하게 펼쳐놓고
가슴 뭉클하게 적시는 노을 길을 돌아
꼭 잡은 두 손 위로 곱게 흐르는 따뜻함
그대 가슴 빈 잔 위에 가득 채우리라

첫눈이 내리면 그 곳으로 가
알몸으로 떠다니는 우리들 사랑 얘기
지치도록 풍요로운 그 눈밭에
눈보다 더 희게 펼쳐놓으리라

어쩌면 순수의 백색으로
아니면 어둠의 여백으로
황금보다 눈부신 마음의 색을 섞어
하나도 빠짐없이 마음 써내려 가리라

첫눈이 내리는 날은 그 곳으로 가
바람 새는 빈 곳마다 가득
그대의 슬픈 사랑 담아오리라

잎새의 꿈

오늘이
마지막 인듯합니다
당신을 너무
오래 붙들고 있었습니다

한 잎 한 잎
당신을 닮고자 했던 믿음
제 살에 쏟아 붓던 눈물만큼
눈부시게 추락해야 할 지금

왜 그리 아쉬움 남아
꿈도 꾸지 못할
하얀 꽃을 피웠을까요

꼭 한번
애를 태우던 그 때처럼
허물어지는 속마음 보이지 않게
영영 깨어나지 못할 꿈이었음 했어요

당신께서
제게 허락한 시간은
이젠 참말
오늘이 마지막 인듯합니다

제 3장

비여 바다여

다시 바다에

가슴 타는 영혼은
다시 너를 찾아간다고
들었네
붉은 소금기를
연신 빨고 있는
허기진 저녁의 펄에서
꼬르륵 꼬르륵 소리가 나는데
그림자만 버리고 돌아가는
비에 젖은 포도鋪道
그 낮은 눈물 사이로
나를 그만 잃었네

유리(遊離)눈물

무채색 혈흔이 낭자하게 떨어지다
산산이 깨어져 닿은 그 것에 살이 베인다

바닥까지 차오른 빗물을 끌어안고
술하게 흔들리며 떠내려가던 밤
손끝에 걸리는 모든 것이 다 아팠다

작별의 날과 악수하던 끝 날 어느 시간처럼
쓰러질듯 한 어둠의 빈혈과
차가운 비悲의 유전流轉이
날마다 문을 여는 곳

서걱이며 방랑하는 억새꽃과 같이
울음 투성이 허무에 가슴을 내어 주고
가끔씩 찾아오는 은빛 소망 하나
그 곳에 둔다

눈물의 자리에 견고히 존재하는
어떤 슬픔까지도 모든 사랑의 영지(靈地)임을

유려(流麗)한 부산물에
조각조각 헤어진 나도
오늘 흐트러진 한 여자의 유서가 되고 있음이다

유리(遊離)눈물에 베어버린 살점을
님 에게 선네며 가슴 어느 기슭쯤에
내 숨의 자취를 남기듯이

미친 사랑의 노래

구리 빛 가로등이 제 몸을 드러내어
어둠을 밝히는 거리 어디쯤에
숲처럼 일렁이는 세상이 비껴가고

바닥을 때리는 빗줄기만큼
거리를 지나는 낯선 사람들
당신만 보이던 그날 이후로
생사의 몸부림보다 더 깊은
주홍빛 눈물샘이 하나 생겼더이다.

비의 노래가 얼룩을 만드는 창밖에는
바람 소리가 사철 잠을 쫓고
택하고 싶지 않았던
삶의 어느 한 부위처럼
내 몸살의 일부가 되어버린 사람

꼭 한번은 이승을 누려야 할 것 같은
당신은 그런 사람이었더이다.

내 안에 당신을 가두는 일
당신 안에 나를 가두는 일
그 힘든 일이 날마다 눈물샘에서 흘리
한 풀 생각을 적시고 밤을 적시더이다.

때로는 보이지 않는 생채기에
당신을 덧바르며
사랑에 빠진 한 여자의 노래를
미친 듯 부르고 싶은
나는 무엇인지요

가슴 1

서서히 빛 속으로 기우는
저녁 그 바다가
무슨 얘긴가를 들려주길
나만 꿈꾸었던 건 아니다

비밀리 익어간 낙엽이
남은 몸을 얼마나
색 바래게 울어야 할 지
나만 서둘러 묻고 싶었던 건 아니다

내 안에서 이만큼 커 가고 있는 사랑
모른 척 할 수 없어
계절 끝에서 그렇게 맴돌았을 것이다

바다의 얘기가 듣고 싶던 날
잊혀 진 낙엽의 꿈이
산산이 깨어져 흩날리던 날

고립을 고집하던 뜨거운 입맞춤이
밤새 앓고 있을 백골을 위해
속으로만 삭히다 드러난
이다지도 눈부신 슬픈 얼굴

저 혼자 바다

길을 가랴
꿈속을 가랴
가슴이 부서 져라
파도는 치는데
길도 없이 떠다니는
물 섬 하나

바다 길 끝닿은 곳
네 붉은 마음처럼
노을은 타고
홀로 서서 바라보는
물소리 바람소리

네 눈에도 보이려나
네 귀에도 들리려나
아아, 저 혼자 바다에
저 혼자 마음 어찌하랴

당신을 빼고 나면

바다야 너를 닮아
내 속도
이리 짜

모래알을 밀어내며
파도야 커다랗게
나도 울어

마음껏 부서져도
마음껏 깨어져도
너처럼 편히 부를
이름이면 좋으련만

바닥을 드러내고
돌아누우면
해산 끝난 빈 들판처럼
살다 간 흔적 하나
남아 있지 않고

만지면 금 새 부서질 듯한
바삭한 여자

당신의 깊고 깊은
사랑을 빼고 나면
짠 기만 남는
난
흔들리는 어둠인 걸

물처럼 흐르다가

물처럼 흐르다가 만나자
지나간 세월 뒤에 나는 남고
기억은 또 남아
우리 떠나도 마음 지켜주네

서쪽 하늘 노을이 다 할 때
그 때 헤어짐도
붉은 해 따라 어제로 넘기 우리니
지나간 것은 생각지 말자

없어지고 사라지는 날들 속에
우리 또 남으리니

비 젖어 크는 나무처럼
가지도 주고
열매도 주고
더 이상 줄 것이 없을 때

마음 편한 행복을
서로 나눠 줄 수 있을 것이니
아직
줄 것이 남아 있는 동안은
행복해 하자

어디서든 다시 만날 수 있는
물이 되어 흐르자

눈물 그리고 바다

처음
나의 바다는
당신이었지

그 바다에 빠져 버린
나는 눈물이었지

사랑을 하면서부터
바다는 눈물이 되고
눈물은 다시
바다로 채워지기 시작했지

당신의 바다가
짠 눈물 같은 건
나의 눈물이
짠 바다 같은 건

그 몸의 농도가
같아서 일거야
그 마음의 깊이가
같아서 일거야

아마도
그런 걸 거야

커피 한잔에 눈물 한 방울

누가 버리고 간 미련인가
커피 한 잔에 눈물 한 방울
툭 떨궈 먹고 싶은 오늘
비가 내린다

구차한 일상
어딘가 버리러 가고 싶은데
가난한 그리움만
푸른 보리만큼 커 간다

영롱하게 떨어지는 물방울처럼
날마다 너를 적시는 이슬이었으면
마음만 앞서 비에 젖는다

빗물을 따라
강으로
바다로 흘러 가 다다르면
너를 만날까

커다란 물살에 갇혀
다시 흩어지지 않을
너를 거기서
영원히 볼까

저녁 비

당신을 얻은 날도
당신을 잃은 날도
이렇게 비가 내렸지
뚝뚝 목숨처럼 떨어지는
꽃잎이 보였지
당신이 아니었음
이 비가 보였을까
검고 붉은 저녁이 찾아 왔을까
천둥치는 비 소리 만큼
당신은 나를 불렀지
따가운 목젖을 새벽까지 당기다가
슬픔을 알던 그 시간도
비는 내렸지
당신은 늘 내게
기다림을 몰고 오는
저녁 비였지

그 바다의 러브레터

한 때 안녕을 고하며
욕망의 바닥에서 솟구치던 바다
무엇을 비워 내려 그리
혼신의 힘으로 부서지는가

사랑을 꿈꾸어도 좋은 그 때
망각의 이름으로 시간을 기다리며
방종이 아닌 것에 목숨을 걸던
나의 바다야

다시 만나기 위한 몸짓으로
눈부시게 다가서는 넌
제 몸을 다 드러내고 서야
오월의 꽃잎처럼 흩어지는가

마지막 순간까지
알몸의 언어로 쪼개져 날리는
흰 물살의 말들
비로소 작별의 긴 편지를 쓰는 날

너 돌아간 슬픈 길에
소슬(蕭瑟)한 물 향기
고장 난 시계처럼
혼자 서 있다

망각의 바다

어디쯤에 있을 줄 알았지
파랗게 식지 않는 미련이
한 방울 한 방울 가슴에 고여
바다가 되었을 줄 알았지

꿈에서 깨어나면
감쪽같이 날이 밝고
파도소리 들리지 않는 바다쯤은
잊을 줄 알았지

차갑게 돌아앉아
마르지 않는 갈망하나
버리면 되는 줄 알았지

눈에 밟힌 하루가
거기 어디서쯤 망설이다가
끝내 눈 속에 젖어들 줄 알았어

눈부신 그리움은 이제 싫다
망각의 바다에 빠져 넋을 잃은 그리움이
내가 되기 전에
그대 어서 오라

그대 가슴에 품은 나의 이름을
이제 저 바다의 물결처럼
황홀히 출렁이게 하라

바다의 혼

바다여
온 영혼을 짜내어 울게 하던
짙푸른 아집의 빛깔이여

깊고 깊은 내장의 수맥을 터트리며
질곡桎梏의 혼마저 처절하게 부수는
네 머리맡에서

오늘도 나는

탁류濁流에 혼합된 서투른 발음으로
허름한 약력의 외음부에 달라붙어
뜨거운 물빛 언어를 배양하고 있다

오열을 끝내고 기다림을 멈춘 땅
푸르게 응집된 그 한 쪽 가슴에 기대
빗나간 자아를 수장 시키며

창밖은 갯벌

무엇인가 다 빠져나가
텅 빈 가슴 같이
바닥이 다 드러난 갯벌에서

비린내가 난다

오후의 따가운 상처 위에
자글자글 끓고 있는
내 마음처럼

비(雨) 그리고 비(悲)

귀를 막아도 비(雨) 소리가 들려
또 다른 실체의 비(悲)

어디로 가는지 알 수도 없는 길을
어두운 땅 속에 몸을 맡긴 채
물들이 소리 내며 지나고 있어
또 다른 비(悲)와 함께

너무나 맑은 어둠속의 비(雨)
뼈 속으로 침전되는 깊은 침묵의 비(悲)에
문을 걸었어
예전처럼

바람에 펄럭이는 비(雨)의 가락이
채우지 못한 차가운 욕망의 비(悲)를 타고
사십년 묵은 속박의 눈물에 방전 된다

돌이킬 수 없는 절망의 날과 합류하는
빈 영혼의 비(雨)그리고 비(悲)

제 4 장

마흔 그 화려한 불혹의 단어들

마흔 그 화려한 불혹의 단어들

몇 번이나 흔들렸을까
서툰 몸짓으로
한 줌의 소요까지 푸르게 길어 올려
바람의 이름을 짓던
그 날

몇 번이나 떠돌았을까
물거품의 난간에서
겁 없이 발아하던 기억의 줄기들이
비워진 나이만큼 미끄러져
우주 저 끝에서 멈추고

회색의 나이도 잊은 채
심연의 바닥에 기대어 선
별들의 말을 주워 모아
너를 들이던 나

몇 번을 흔들리다
몇 번을 떠돌다
기어이 못다 푼 사연들을
불혹의 창가로 불러 들여

백치의 웃음만큼 화려한
주홍빛 단어들을
오늘도
나는 줍는다

눈 내리는 저편

해가 저물어요. 어머니
캄캄한 자아가 온몸으로 비껴가고
허전히 발목을 쥐는 빈 물결만
곤고하던 내 그리움을 끌어안아요.

당신의 커다란 사랑이
흰 눈발처럼 품에 와 안기고
세상을 떠돌던 영원의 한때가
언제부터인지 거기 쉬고 있어요

바람이 부는 그 어딘가로
슬픔은 향해가고
안달하던 영혼이 혼자 남아
죽도록 그리워만 하고 있어요.

아, 이별이 없는 곳 눈물이 없는 곳
맨 처음 당신을 안고 비상하던 첫 비행의 날에
가슴이 무너져 내릴 오늘을
운명처럼 예감 했어요

멀리 떠나와도 그리움은 늘 그 자리이고
결국은 다시 당신의 품으로 돌아가고 있어요

하루
이틀
사흘
당신을 만나 행복하던 그때

지금은 가을

빈 나무껍질에도 해가 들어
잘 익은 고독처럼
선홍빛 슬픔을 내려놓고 싶은
지금은 가을

당신을 더 사랑하지 않으면
내 죄 깊어져
간절한 기도
울컥 울컥 토해내야 할 것 같은
지금은 가을

꿈 안기는 긴 밤
하릴 없이 날리는 낙엽의 적(赤)이여
뒤척이는 가슴으로 눈물은 말라
그리움 없인 영 지날 길 없는
아, 지금은 가을

첫사랑

얼마나 잊지 못할 정분(情分)이길래
꼭꼭 숨긴 눈물 꽃으로 피어나나
그리움 사라진 한밤 내
허공에서 터지는 꽃잎 소리

점점이 살아난 꽃술의 태기가
긴긴 산고 끝내고 나면
옛 정도 따라 살아나려나

몸 풀린 샛강의 서곡 아득한데
주름진 얼굴 하나 꿈 안에 눕네

질곡의 바람 견딜 수 없어
너 다시 떠나겠지만
꼭 서럽지만은 않은 이름

그대 젊은 날의 꽃이여

저녁의 새

사월을 흔들며 돌아오는
푸른 계곡의 바람이
눈시울 적실 틈도 없이
땅 속 볍씨를 일으켜 세운다

빈 집을 털던 비둘기 한 떼
허기진 젊음을 인 채
후닥닥 자리를 옮기고

둥그런 해가 덥석
새의 먹이를 물고 사라진
붉은 저녁의 뒤안길

퇴근길이면 더 출출한
그 생의 등 뒤에서
나도 한 마리
배고픈 저녁 새가 된다

물오른 꽃들이
제 생을 자랑하는 높은 담장 곁으로
까마득한 어둠을 몰고 달려드는
묵은 세월의 이끼 떼

아무렇지 않다는 듯
봄은 자꾸 오는데
까짓것
나도 그만 아무렇지 않으련다

무죄와 유죄

마음은
훔쳐도 무죄

사랑은
맘껏 가져도 무죄

그러나
둘 다 잃는 것은 유죄

편지를 쓰며

부치지도 않을 긴 편지를 너에게 쓰며
예전처럼
선뜻 써지지 않는 사연들이 서글퍼져
지금은 자주 가지 않는 우체통 앞을
그저 지나쳐 가는 것인지 모른다

가슴으로 남은 상처들을
우표 한 장으로 싸매어 부치며
눈물을 아끼던 그 때처럼만 살 수 있다면

그래서
삶에 지친 하루의 끝에서
마르지 않은 편지 봉투를 뜯으며
긴 사연을 읽어 줄 너에게
내 안에서 살아 움직이는 얘기들을
얼마든지 넣어 부칠 수 있는 편지를 쓸 수 있다면

우체국으로 가서
새로 나온 우표를 사고
남 몰래 우체통 안으로 손을 넣어
새하얀 편지를 부칠 것이다

기다리는 마음 지는 해 노을 뒤로 감추며
못이기는 척 도착 할 날짜를 미리 헤이고
괜스레 웃어보다
텅 빈 그리움으로 지친 눈을 떠
맑은 하늘도 볼 것이다

연필 자욱 짙게 남은 노트 뒷장까지
밤새 잠 못 들고 뒤적이다
새벽이 오는 소리에
고쳐 쓴 편지 봉투를 가슴에 넣고

우체통으로 가서
설레는 마음으로
편지를 부칠 수 있다면
나의 오늘은
내일보다 행복할 수 있겠다

고백

주전자에 가득 물을 넣고 끓인다
딱 한 잔의 커피물이면 될 것을
조금만의 여유로는 이제 부족한 걸까
무엇인가 팔팔 끓어 넘치기를 바라는
쓸데없는 자괴감이
마음의 빈곤으로 번져
비어있는 공간마다 물을 채우고 있는 건
아닐까
그래도 그 순간은 행복하다
작은 주전자 속에서 실컷 끓고 넘치는
그러다 금방 사라져버릴 물거품일지라도
한 잔의 진한 커피를 타기 직전
춥지 않은 여백의 시간
드디어
뜨거운 말들이
쏟아져 나오기 전 바로 그 때처럼

처음의 사랑처럼

눈이 부셔
뜰 수가 없어
하얗게 거품을 날리며
손끝으로 빠져 나가는
미친 사랑의 노래

목숨을 걸고라도
부서지고 싶은
처음의 사랑처럼
절망의 희열을 앓는다

풀리지 않는 매듭 사이에서
푸르게 날고 있는
영혼의 춤사위는
황홀한 꿈의 흔적인가

멈추지 않는 그리움에
너를 숨기고
폭풍 같은 허무의 잔에
시를 따른다

사랑을 알았던
그 시간을 위하여
너를 알았던
목쉰 눈물의
눈부신 꿈을 위하여

너의 가슴으로

침묵이여
헤어짐을 노래하지 말라
길게 어둠이 스미면
파랗게 구름 되어 사라지는 너

그리움이여
얇은 얼굴 외면하지 말라
자유로운 새의 깃털 위에
앙상한 바람으로 내가 날고 있으니

숨 쉬는 고문은 너의 침묵
가둘 수 없는 흔적도
찬란한 아픔일 수 있도록
네거리 어디쯤에 가두고 싶은 세월

너의 무엇이 되어
오롯이 그 가슴으로 오고 가면
거리에 발자국 무더진들 어떠리

오래 전 사랑했으니
화려한 네 가슴의 나라에
이름 없이도
나 남아야지

당신의 눈물을 주십시오

당신의 눈물을 주십시오
비우지 못한 시간 새로
운명처럼 휘감기는 황혼이 시기 전
아무도 모르게
아무도 못 보게
붉디붉은 슬픔 내게 주십시오

첩첩이 쌓인 사연 가슴으로 숨어
알몸의 나이테 위에 한껏 부풀어 오르면
죽어도 떠나지 않을 철모를 슬픔 하나
옹이진 밑 둥 곁에 남게 하고 싶습니다

황금빛 물결 우에 거칠게 식어 버린
동통 하는 석양의 눈물이어도 좋으니
당신의 꿈으로 비밀히 걸려드는
목매인 그 무엇이게 해 주십시오

당신의 눈물을 주십시오
뽀얗게 여문 눈물 다듬고 다듬어서
먼 훗날
당신의 영혼에서 하얗게 침몰하는
나는 지독한 사랑이게 해 주십시오

동행

나를 사랑한 당신이
마음을 훔친 도둑이라면
당신을 사랑한 나는
사랑을 빼앗은 다른 공범입니다

그래서 우리는
살아 숨 쉬는 목숨을 담보로
서로의 마음을 훔친
사랑의 공범이기로 했습니다

미련 많은 시간들을 뒤로하고
그 미련 많은 시간 뒤에
꼭꼭 숨어있기로 했습니다

이제 당신 안에 당신은 없습니다
내 안에는 내가 없습니다
당신 안에는 내가
내 안에는 당신이 있을 뿐 입니다

미뤘던 시간들에
남겨진 미련들이 숨을 늦출 때까지
우리에게 마지막은
언제나 오늘일 뿐입니다

가연(佳緣)

쉽사리 오는 것은
인연이 아니지
쉽사리 가는 것은
사랑이 아니지

세월
그 속에 가득
나를 가두어 놓고
철커덕
시간을 잠근다
이제부터
속을 끓여야 할 것이다

내 약속의 연인

성근 겨울
차가운 이마 위에
하얗게 뿌려지는
외벽의 시간들

백발의 세월 뽑고 또 뽑아도
가없이 불어나는
새치의 날 앞에

기억의 커튼을 모조리 젖히면
흑백의 인연
다 드러날까

옛 자리로 돌아 와
다시 앉아 들어보는 음악 같이
꼭 끌어안고 추억하는
뜨거운 한 잔 커피 같이

당신은 이제
다시는 놓지 못할
내 약속의 연인

얼굴

슬픔아 너는 눈물을 몰라
눈물아 너는 슬픔을 몰라
주저 없이 이렇게 시간을 따라 가넌
아마 철이 들지도 몰라

네 얼굴을 닮고자 했어
네 일상을 닮고자 했어
나의 하루하루가
너의 속마음을 닮고자 했어

영영 철들지 말았으면 해
슬픔의 철은 들지 말았으면 해
눈물은 어쩌면
단 한 번의 숙명이란 걸
몰랐으면 해

오래 오래
철든 얼굴은 아니었으면 해
먼 훗날
내가 든 철은 당신이었음 해

내 사람에게 쓰는 시

바람은 어디서 불어와서 어디로 가는지
알 수 없는 안개 같지만
거리에 홀로 서면
울울한 하늘과 만나는
숱한 가슴속의 바람들

아스라이 먼 별빛 호수에 다가서고
살얼음 진 물위로 가만히 스쳐 가는
여린 나목(裸木)의 헤진 옷자락 소리

차가운 볼 보다 더 아린 살결로
서늘한 옷깃을 더듬는 어둔 몸짓이여
달무리 시리게 방황하는 길 저편으로
외로운 웃음 날리며 사라지는
그 사람 같구나

검은머리 검은 눈썹 눈부시게 그리울 날
그 시간
그 때에
풀어진 이 마음 여기 눕히고
조용히 기다릴까나

숱한 밤과 낮을 지나
새벽 물방울이 굳어 돌이 될지라도
바람이 시작되는 곳
바람이 끝나는 곳
거기서거기서 기다릴까나
그대 내 사람

11월의 연가

버림받은 잎보다
먼저 비워지는 건

눈물이 아니라
쓸쓸함이다

가벼워진 속내만큼
서걱이는 인내

그 몸짓의 둘레에서
계절은 끝나고 있다

노랗게 영근 목숨
뚝뚝 떨구고

긴 그림자 뒤에서
꽃으로 기억되는

너는 지금
행복한 것이냐

이탈

가끔 균열된 피조물 사이에서 표류하는
허구한 날들의 파편과
충혈 된 유곽(遊廓)의 이념들과
미련 없이 충돌해 버리고 싶다

표절 된 언어의 불투명한 흔적을
수풀과 가시처럼 뒤엉키게 하여
유턴할 수 없는 일방통행의 인생길에 전복시키고
누군가에게 견인될 때까지
반쯤 죽은 듯 의식 잃은 숨을 버리고 싶다

내던질 수 없는 원죄의 천성으로
비린내 나는 삶의 절반을 빗줄기에 씻으며
조용히 결별의 바닥 위에 누워
적막의 벽을 타고 흘러내리는
알몸의 언어들과 뒤섞이고 싶다

구겨진 일탈의 날짜 위로 하혈하듯 쏟아지는
망각의 눈물 그 불투명한 이력의 중심들이
텅 빈 기억의 폐차장에서
손댈 수 없이 차가운 이별의 진통에 구속 되어진다

무구한 날들의 희망과
이탈의 찬란한 흔적들과 돌연 부딪혀
접촉 사고라도 저지르고 싶은 이 초고속의 날 잎에
해방되지 못한 영혼의 사고 다발지역

과.
속.
절.
대.
금.
지.

쾅!

에필로그

반짝이는 햇살의 바다 위에서 파닥이는 새
결코 닿힐 수 없는 자유가 저 바다를 갖게 하는가.
새의 깃털 속에서 촘촘히 박힌 심장 하나가
순간 반짝한다.
홀로 드러누운 저녁 갯벌에 저렇게 가득 널린
이기의 발자국들
아무 것도 받아들일 수 없는 허한 이기의 구멍 속으로
어둠처럼 들어가 앉은 비밀이 집을 짓기 시작하면
혼자 남은 자유 앞에서 바다를 갖지 못한 나도
꿈을 꾸기 시작 한다

부실한 기억 속에서도 사랑의 흔적들은 사라지지 않고
외로울 때면 언제나 따뜻한 그리움들을 불러오곤 했지
생각해보면 그 그리움들은
내가 감사해야 할 조건들이었고
반짝 빛나던 한 심장처럼
내 삶을 늘 팔딱이게 해 주었다

그 그리움들에 감사한다

2006년 9월 여름이 오래 남아
가을을 더 그리워하게 했던 저녁에

박 소향

길 찾는 시인, 박소향

1

한 마디로 박소향을 말하자면, 또 그녀의 시 속에서 주인공을 꺼내면, "세월과 끈질긴 불륜을 맺어 길에서 길을 잃은 어인"이다. 막 터진 눈물이 눈동자에 넘치는 순간은 반짝이는 별 투성이요, 무지개 빛이요, 한번 눈을 껌뻑이고 난 후에 일그러진 뺨에 뜨거움이 쏟아지면, 그 별과 무지개는 여기서 펑, 저기서 펑, 현란한 불꽃놀이를 펼친다. 그리하여 그녀는 또 한 번 삐끗하니 "잃어버린 그 길마저 또 잃어버리고"만다. 그녀는 이 세상이 영혼의 사고다발지역이라고 말한다. 주어진 세월은 지긋지긋한 불륜관계일 뿐이다. 넓은 저 바다로 달려가지만 거기에는 오히려 길마저 없어 오직 미련만이 돛단배로 떠있다. 그래서 그녀는 자기가 걸어왔던 길을 되돌아가고 싶어 한다. 그러나 원죄를 뒤집어쓰고 떨어진 영혼은 되돌아가는 길마저 잃어버린 채 몸짓만 현란하게 흔들고 있지 않은가, 바로 슬픈! 불꽃놀이다.

2

시인 박소향은 가정주부로서 아침마다 출근하며 늘 뜻 모를 비애를 느낀다. 손에 잡히지 않는 세상이 고독의 장막을 둘러친 것이다. 흔히 말하는 군중속의 고독뿐만 아니라 세월이 가져다주는 고독도 따로 있어 애달프다. 쉼 없이 달려온 중년의 갈대밭에서 서걱서걱 들리는 소리가 황량하다. 찬란한 여인의 꿈이 침울한 흑백의 강가에 떨어진다. 그래서 그녀는 삶이 〈세월과의 끈질긴 불륜〉이며 아침의 푸른 하늘이 딱 〈죽기 좋은 만큼 맑은 날〉이라고 뇌까린다.

죽기 좋은 만큼 맑은 날
꿈꾸는 러브레터처럼
짧은 너의 가슴에 기대어 잠든 계절이
머리칼을 흔들며 떠나고 있다.

　여전히
　혼자가 될 수 없는
　세월과의 끈질긴 불륜
　〈세월〉중에서

　박 소향은 오늘의 중년여성을 대변한다. 이처럼 철저히 중년
여성을 대변하는 시인도 드물다. 꽃다운 시절의 꿈이 사라진
자리에서 불확실한 미래에 불안감을 느끼며 끊임없이 표류하
는 위기의 여인, 적당히 바래지고 퇴색되어 감을 실감하는 가
을 여인, 그러나 차라리 아름다운 단풍이 될지언정 낙엽이 되
어 날리기 싫은 여인, 그들은 편하게 시선 하나 제대로 둘 곳
없는 거리를 가다가 또 길을 잃는다. 나이만큼 두터워진 화장
기가 흩어지며 길을 흐트러뜨리는지 모른다.

　불투명한 생의 속박에서
　무뎌진 감각의 문을 닫듯
　눈앞에서 훤히 보이는
　마음의 길을 잃은 거였다.

　짙은 화장의 두께만큼
　새카맣게 가라앉은 세월의 무게가
　제 연륜을 못 이겨
　저리도 흐트러진 길이 되었는지 모른다.
　〈길에서 길을 잃다〉중에서

그러다가 여인은 몰린 세월의 구석에서 기어이 분노한다. 끈질긴 세월과의 불륜을 청산하려 애쓰지만, 또한 아예 앞으로 나가지 않고 왔던 길로 되돌아가려고 하지만 그 길마저 절벽이기에 고향을 상실해 버린다. 이에 자기 자신에게 분노를 터뜨린다. 극단의 모멸감이 몰아친다. 그러나 거미줄에 걸린 연약한 나비일 뿐이다. 몸부림칠수록 거미줄은 더욱 감겨온다. 자유가 그립다.

　가끔은
　당신도
　미치고 싶은가봐
　머리칼을 잘라야만
　반경 십 킬로미터 밖으로
　뛰쳐나갈 수 있었던
　나처럼
　　〈공존〉전문

여기 보이는 저항의 몸짓이 어찌 시인 박소향의 일로만 끝날까, 현대의 중년여성 모두가 그렇다. 다 미치고 싶고 어디론가 달려가고 싶다. 애지중지 길렀던 머리칼부터 잘라버리고 새롭게 태어나고 싶은 것이다. 과속은 위험하기도 하지만 후련하다. 세상은 〈영혼의 사고다발지역〉이기에 박소향은 〈과속금지〉를 내비치지만, 그 이면에는 오히려 접촉사고라도 나기를 갈망한다. 도로에 깔린 차선이 번거롭다. 중년여성을 칭칭 감고 있는 그 인연과 윤리와 제도와 질서가 숨통을 죄어 누를 때, 차라리 배고픈 새가 되어 날아간다.

　퇴근길이면 더 출출한
　그 생의 뒤에서
　나도 한 마리

배고픈 저녁 새가 된다.
　〈저녁의 새〉중에서

망각이란 도피일까, 도전일까, 이것도 저것도 안 되면 차라리 망각의 커튼을 드리우자. 그러나 아직도 꺼지지 않고 활활 타오르는 여인의 등불은 어쩐단 말인가, 그녀는 불혹(不惑)도 미혹(迷惑)도 만만치 않은 외나무다리에서 흔들린다. 그러나 망각은 모든 것을 잊는다는 뜻만이 아니다. 새것을 받아들이기 위한 비움이다. 세월과의 불륜이라는 창을 커튼으로 드리우고 다른 창의 커튼을 열어 제기면 푸른 바다가 눈에 들어온다. 멀리 떠도는 돛단배 같던 미련과 갈망이 모아져 어느새 바다가 되었다.

그대 가슴에 품은 나의 이름을
이제 저 바다의 물결처럼
황홀히 출렁이게 하라.
〈망각의 바다〉중에서

여인은 잊었던 자신의 이름을 출렁이려고 한다. 누구의 아내, 누구의 엄마, 또 회사의 직함을 떠나 자연인으로 돌아간다. 그리하여 어렸을 때에 아빠나 엄마가 마구 불렀을 이름, 초등학교 시절에 친구들끼리 불렀을 이름, 이것이 본연의 자기 모습이다. 곧 자유인 것이다. 그 자유를 이끌고 중년의 갈대밭에 들어서면 황량하지 않다. 갈대의 속삭임, 별의 흔들림, 뺨을 스치는 바람이 너무 시원하다. 불혹도 좋고 미혹도 달콤하다. 사방에서 시를 따 모은다. 아름다운 중년여인의 시를,

　터 엉
　빈 껍질 속에 내려앉은
　황홀한 낙하(落下)의 말들

94

새처럼 가벼워져
나도
거기 있을까,

낙엽의 흔적이
고운 시 한 입 물고와
내 안에서 꿈틀하네.
 〈내가 남은 자리〉전문

　박소향은 덫에 걸린 생을 살아오면서 끊임없이 자기의 정체
성을 찾았다. 이것은 박소향 뿐만 아니라 오늘을 사는 중년여
성이라면 다 그렇다. 중년여인의 가슴 속에는 수많은 차선이,
수많은 신호등이, 또 수많은 횡단보도가 미로처럼 얽혀 있다.
교통소통을 원활케 하기 위한 그 모든 질서와 장치를 여인 혼
자서 감당해야 한다. 지친 몸을 억지로 일으켜 길을 가지만 아
무리 가도 미로일 뿐이다. 차라리 사고라도 났으면 좋겠다. 길
을 잃다 못해 이제는 자기 자신마저도 잃어버린 길바닥에서 박
소향은 기어이 울음을 터뜨린다. 그러나 울음 뒤에는 끊임없이
자신을 찾으려는 노력과 저항이 숨어있다. 그녀에게는 아직 포
기할 수 없는 자유를 향한 꿈이 있기 때문이다. 이것이 모든 중
년여성의 꿈이다. 이렇듯 박소향은 풍부한 시어로 삼사십 대
중년여인의 가슴을 토해내고 있다. 두 번째 출판되는 그녀의
두 번 째 시집 [분粉] 많은 사람들의 영혼을 달래줄 줄로 믿으
며 독자의 애독을 바란다.

　　　　　　　　　　　이 의양 (수필가, 소설가)